現代・北陸歌人選集

林 旦子歌集

柚子の四季

序に代えて

令和元年六月二十三日に、林旦子さんの訪問を受けた。歌集を出版したいとのことで、いろいろと話し合った。作品はすでに送られて来ており、私はひととおり目を通していたので、話はスムーズだった。林さんの作歌は、昭和五十四年に「海潮」へ入会以前からはじまっており、今回は昭和五十四年から平成三十年までの作品が納められている。

作品の内容によると、林さんは農家へ嫁がれ、苦労を重ねながらの中での作歌であり、その間姑の死、実家の父の死、婚家の舅の死の悲しみに会いながらも、生みの母との僅かの旅のよろこび、生家の改築、急な膝の病みを経てからの山陰、京都、中国の江南市、ハワイへの旅行をするなどのよろこびにも浸っておいでる。

更に少し耳の遠い夫との鹿児島旅行も味わったあと、夫の急逝にも会い心うつろの時、息子が家の改築の話を持ち出したことへの驚きも大きかったようであるが、改築後のよろこびも感じられる。
作品は大別して生活詠と自然詠であるが、作品の感動の切り取り方や新鮮さに驚かされる。少し作品をあげて見たい。

朝の陽をうけてほのかに変りゆく夜来の雨に濡れし庭石
昭和五十四年

昨日より吾が身のめぐり変らぬに平成となる今日のときめき
平成元年

握りたる小指わづかにゆるみきて児は安らかな眠りに入るらし
平成三年

一瞬を境に去年と呼び今年と言ふ身のめぐり更に変るはなきに
平成五年

シャッターのチャンスは今よと言ひたげに鯨はしばし尾びれ掲ぐる
平成十三年

おくれ舞ふ風花いくひら青空を背に漂ひぬ白の清しさ

気掛りの倒伏田を刈り終へてその夜の雨を安らけく聞く　平成十五年

台風に揉まれ千切れし樹々の葉が無盡に張りつく窓といふ窓　平成十八年

老なれば一度一度が見納めと桜の下を夫と歩みぬ　平成二十年

大根の葉に久びさの蝗一つ懐しさこみ上ぐようこそようこそ　平成二十六年

平成三十年

どの一首を見ても従来的な感動の切り取り方ではない。そこには鋭い切口が見られれ、読みながら驚きの思いを感得するのである。それは作品を平凡さから脱しようとする作歌的心情のあらわれでもあろう。

林さん、今後更なる飛躍をお祈りしたいと思います。

令和二年六月一日　田中　譲

目次

林　旦子歌集　●　柚子の四季

昭和五十四年〜昭和五十八年

新雪

息子と並び佐渡をはるかに見し日より四年は過ぎぬ波高かりき

早発ちの息子は新雪を踏みゆきぬあかとき暗きに雪は匂ひぬ

一面に霜置く朝を初出勤の息子《こ》は真向ひてゆく光の中へ

雪解け

ぬれぬれとまだ雪解けの水ふふむ畦を伝ひて我が田巡りぬ

水仙の花咲くあたり春泥の雪を取り除け春を待ちたり

野火あとの土堤に萌え出づる土筆らの頭は黒く焦げしまま伸ぶ

降るさまも何かたゆたふ春の雪　淡淡として積るともなし

塩水の選に分けたる種籾の粒あざあざと光かへしぬ

梅雨

色づきし麦田のあたりほの明かし梅雨ふかぶかと降り暗む中

梅雨明けの兆しと聞きし蜘蛛の巣の今朝は青田に白く続きぬ

豪雪の傷み晒して沿道に標識いくつ夏の陽に照る

朝の陽をうけてほのかに変りゆく夜来の雨に濡れし庭石

庭石のくぼみに残る雨水の小さき水面に揺るる楓葉

運転免許

吾が一世の終の試しといどみたる普通免許の証の重きに

初運転は程よき道程の師の家と決めて車中に息を整ふ

風出でぬ間と朝明けを施肥いそぐ田の面に落つる音のさやけし

やうやくに田に水張り終へてしきりなる台風予報おだやかに聞く

恙無く台風過ぎし喜びを日に幾度も老父は言へり

父の病気

癒えがたき父を見舞ひて去る夕べ刃のごとき三日月の冴ゆ

病む父の背なを抱きて盆の日を母の誦経に和するひととき

農機具

農外の収入あてに農機具を買ひ替ふ矛盾に幾年過ぎぬ

人の汗馬の血の沁む農具あまた蔵ひしままに半世紀過ぐ

俵編む母の傍へに冬の日を遊びし幼時かへることなし

槌の子の手あかの艶ものこりゐて触れ合ふ音をなつかしく聞く

俵より叺になりて麻袋　紙袋となる変遷を経し

昭和五十九年〜昭和六十一年

姑逝きましぬ

すべからく手足にたよる農耕に耐へ来し姑の手病みても太し

亡き姑の人柄に似し日和なり葬りの道に日差しおだしき

さ庭辺に位置を守りて草花の萌ゆるに姑の逝き給ひけり

万端に滞りなきや明日となる姑の忌おもひておそき寝につく

納骨に訪ひたる京の境内に銀杏色づく供華のごとくに

折れし歯の一本なれど口中に占めたる位置の大きさを知る

続柄

息と嫁と孫の名載れる抄本に言ひ得ぬ安堵が身内めぐりぬ

みどりの児の泣く声聞こゆる部屋内におのづうからの皆集ひ来ぬ

四代の長男そろひ健やかに一つ家に住む幸せ思ふ

幼な児の瞳はしきりに地に映る鯉の幟りのゆらめきを追ふ

したたかに我が膝をける幼な児の足に確かな成長を知る

小さき靴

手を拡げ身の均衡を保ちつつ弥次郎兵衛のごとく孫歩み初む

小さき靴一つ戸口に在るのみに家内ほのぼの温みつたはる

丹精の菊の真盛り朝あさを「あたーいあたーい」と孫のよろこぶ

己が影踏まむと走る幼な児の靴跡しるく新雪に顕つ

カラフルに下校の児等か雪道を時に寄り合ひほぐれつつ行く

銀杏

植うる人の大祖とつたふ我が庭に銀杏年古り大樹となれり

たわわなる実と黄金色の葉を落とし年年歳歳銀杏生き継ぐ

我が家を訪ひ来る人の目安にと巨き銀杏を言ふが常なり

ま澄みたる空に吹く風見えずして樹下に黄葉の旋律を聞く

実を落とし葉もまばらなる大銀杏の透きし梢に秋の空澄む

昭和六十二年〜昭和六十三年

初日の出

立山の稜線著るく茜して今し初光《はつひ》の昇らんとす

燃え燃えて旋回しつつ初光《はつひ》いま光のしづく放ちつつ昇る

白光に燃えつつ昇る初日光　謹みて受くつつがなき身に

朝明けの見事なる様言ひにつつ初日を共に見むと夫呼ぶ

暖　春

病みませる師の能登の歌　家持と哲久に次ぎテレビは映しぬ

庭土を踏みて陽光に布団干す寒と思へぬ温みうれしく

山襞を青く顕たせて春疾風　雪なき二月の砂塵舞ひ上ぐ

窓を打つ雨滴は雨滴を求め合ひ一筋に描く雨の象形

孫の入園

入園の記念にのぞくファインダーの孫は二歳にていと稚なかり

身長計に乗りたる孫に係員「これは高いぞ」と眼をこらしたる

園終へて帰る孫の手温ければ一日楽しく過ごししかと思ふ

幼な児の視線がありて菜園に捕へし虫の處置にとまどふ

水稲の種播き

種播くと家族総出の一つ事　力合はする今朝は楽しも

やれ薄い　厚いと言ひて種籾をともかく播きぬ四百余枚

育苗の余熱のこれる苗箱をハウスに展ぐ芽生えたしかめ

苗箱のま白き芽生えおもむろに緑化なしゆく朝の光に

ひかり野に満つる日中を水田よりブツブツ聞こゆガス抜ける音

北海道の旅

見の限り起伏をなして展ごれる台地はすべて懇かれてあり

ひた走る真直なる道　前方も後方もほそく山に吸はるる

流氷をうたふ歌友の住みたまふ一過の街も親し網走

原始林抜ける車窓にときの間を蝦夷鹿を見き狐をも見き

アイヌ語に呼ばるる地名の幾ところ名付けし民の行方おもふに

平成元年〜平成四年

御代改まる

昭和なる終の一日と思ひつつ喪の旗を掲ぐ六十四年一月七日

昨日より吾が身のめぐり変らぬに平成となる今日のときめき

新らしき年の始めをしらしらと雪の降り初む清しき様に

被ぐ雪はらひて春の若菜摘む雪にまみれし緑すがしく

春日

児らの手や声のこもれる「かまくら」が春日の中にいびつに溶けゆく

盛上《もりあが》る土の奥処に鼠穴のあるを教ふるに児は固唾のむ

この孫の農継ぐ世相は如何ならむ末を頼めぬ農政にして

春雨に煙らふ庭に雪吊りの縄たるみたるままに静もる

舅逝きましぬ

病む舅の身体拭きつつ亡き姑の心おもへばおろそかならず

姑の亡き独りの舅の淋しきに病む日はさらに恋しかるべし

八十八歳いま生涯を終へたまふ舅にふかぶか頭を垂れぬ

亡き姑の六年あとを追ひたまひし舅は何を語りいまさむ

この季を待ちて逝きたまひし舅かとも若葉の斎場に鴬を聞く

太き指に頁をめくり誦しゐたり舅の経本角を失ふ

鎌を研ぎ鍬を揃へて舅は常に支障なきよう計らひくれき

岡部文夫先生追悼歌

師の君の深く悲しき訃を聞けり舅の新盆むかへむ朝に

賜はりし師の御筆なる幾葉を掲げて御歌の心に触れをり

幼なとの日日

いさかひの因となりゐし玩具いま隅にまろびて児ら睦み居り

幼な児の動きを眼《まなこ》に追ひながら位置を変へつつ庭の草抜く

握りたる小指わづかにゆるみきて児は安らかな眠りに入るらし

我のみが判る喃語にものを言ふ幼なと向きあふ小さき世界

夜の更けを籠這ひまはるかぶと虫の乾ける音がかなしく響く

為すことのさわにあれども児の寝入るこの安穏にしばし安らふ

秋の長雨

ぬかるみの稲田刈りゆくコンバイン呻くがにひびくエンジンの音

日照の不足に実入らぬ細き米　米選桟より落つる量おびただし

初摺りの新米を掌に眺めゐるぬこのときめきに今年も会ひぬ

五反余の早稲三十五俵摺り終へて言葉少なく夫と向き会ふ

病班の黒き大豆を選りながらこの秋の雨の多かりし思ふ

金木犀

木犀の盛る夕べを帰り来し夫はかすかな匂ひまとひて

明日の空雨となるらし木犀の匂ひは庭にただよひ止まず

平成五年〜平成七年

還暦

一瞬を境に去年と呼び今年と言ふ身めぐり更に変るはなきに

しみじみと生命享くる身を思ひけり還暦祝ふ座に並びゐて

いささかの不安に開く御神籤の手許に今し初陽差し来ぬ

今朝の雪如何ほどならむ除雪車のくぐもり響く音に目覚めぬ

高岡高女同期会

貨物車にはた無蓋車に乗り合ひて通学なしき県立高岡高等女学校

上級生に従きて知りたる境内の墓群の前とほる近道

肩かけの鞄押さへて汽車通学の友と走りし横田界隈

五十年隔てて会へばそれぞれにそれぞれの道ありてうなづく

夏祭りの獅子舞

緋の牡丹藍地に著るき獅子の胴　身をくねらせて門を入りくる

祝儀うけ早打つ太鼓に神前へ駆け込む獅子に風起り立つ

獅子舞ひの頭《かしら》にむかふ獅子取りは今年はじめての孫の大役

我が庭に頭《かしら》振る息子と獅子取りの孫の共演に拍手湧きたり

炎　暑

夕風の涼を求めて腰おろす石より伝はる日中の熱気

炎天の日射しに耐へゐし庭石はこもれる熱気を夜気に吐きゐむ

母と行く旅

着ぶくれし八十路の母と旅に出づ師走にまれなる日差しうれしも

背をまるめ臥しゐる母と並び寝ぬ旅の一夜の安らぎてあり

籾摺りの今昔

籾摺りの発動機の音高まれば家族總出に納屋賑はひき

籾入れる米計り込む俵結ふ籾摺りの日の納屋に老若ありき

自動化に手伝ふ余地なき籾摺り作業かくして農は遠ざかりゆくか

見の限り続く斜面にコスモスの花盛りをり夕光の中

こもり居の老母伴ひ真昼間をコスモス真盛る中に佇《た》たしむ

平成八年〜平成十年

生家の改築

生れ家を改築せむとふ一抹の淋しさこらへ労をねぎらふ

一世紀経し生れ家の隅ずみに思ひ出ありて去り難く居り

遠景に生家の屋根の見えしより帰り来し思ひに心和みき

樹立《こだち》抜くあづまの生家はらはれて故郷一歩遠のきにけり

銀盃

勤続の銀盃なりしと見せくるる息子《こ》が経し月日吾も過ぎにし

初めての給料で息子《こ》が買ひくれし時計は二十年我が手にきざむ

瞬の間と思へど二十年父母の逝き若き生命の四人加はる

背なに負ひ腕に抱きし感触を残して孫は乙女さびたり

週末はわれの片辺に寝ぬる孫　今宵は何を語りてくれむ

母の急逝

夢ならば覚めよ一夜に逝きし母明け初むる庭に滂沱《ぼうだ》と佇てり

たらちねの母の葬りの時知らす太鼓のひびき吾が裡を打つ

見納めの柩の母にさようなら寄る窓の辺の若葉うるめり

墓地へ行く我が田の畦の近道は踏みしだかれて盂蘭盆すぎぬ

盂蘭盆の過ぎて吹く風しろじろし痩せし日めくり心して剝ぐ

膝痛む

並び待つ老婦も同じ膝病むとふ旧知のごとく話が合ひぬ

長寿なりし母もとほりし吾が齢かく哀ふる思ひ持ちしか

目の前の病みゐる我に触るるなくコンピューターに医師は診立てる

旅　行（山陰　京都　江南）

海に入る長き斜面に際立ちて見ゆる風紋波のごとしも（鳥取砂丘）

沈黙の砂また砂の砂丘にも生あるごとく砂の動きぬ

鉄骨の橋脚空に高だかと余部《あまるべ》の橋　山を繋ぎぬ

おほでらの内もせましとみほとけの千の諸手をあげて立ちます（唐招提寺）

見上ぐれば伏し目の温容したしくて薬師如来に亡母を重ぬる

旧蹟も名所も人らあふれゐて喧噪の中巡る江南（中国江南）

穏やかな顔に横たはる孫文の塑像にひとつ蝿が這ひをり

しみじみと遠く来たりて寒山寺の鐘を撞きたり余韻たしかむ

庭石

老杉を伐りて明るむ前庭に据ゑし灯籠の未だ馴染めず

良き面を出さむと石のおほかたを土に埋めて庭に落ち着く

平成十一年〜平成十三年

葛の花

青草のむせる繁みにくれなゐの葛の花房陽にのぼり咲く

土堤の草　刈りゆく程に葛の花あざあざとして紅《くれなゐ》ふかし

オニハスの手に触る葉裏にひそむ棘　名前の由来もむべなるかなと

いにしへは水照りに明るきこの潟の今は刈田に秋陽ぬくとし

高野先生御逝去

吾が行く手導き給ひし師の君の灯《あかり》は消ゆる夜のあらしに

蝉時雨に籠れる夏も訪ひしかと氷雨の庭に御柩おくる

母につぎ又師をうしなひて我がめぐり寂しさのみが重なり包む

吾を待ちゐし母の淋しさ良寛のうたに顕ちきて涙ぐみたり

分身

一つ身に四十四年を生きし臓腑　今散り散りに運ばれてゆく

引き継がれ命よみがへる分身に今宵わけもなく心傷みぬ

解剖

夕飯は攝れぬと孫の塞ぎをり蛙の解剖学び来し日を

解剖は初めてといふ十七歳生命を一日みつめ来しとふ

旅券

税関を一人に通る緊張を旅券ひらけばまざまざと顕つ

出入国の日時を記すスタンプに四ヶ国の旅よみがへりくる

期限切れし旅券に残る旅の日の捺印あれば捨てさりがたし

足腰の衰へし今を案じつつ十年の旅券を申請なしぬ

ハワイの海

エメラルドに透きつつコバルトの色に染む果てなく広しハワイの海は

シャッターのチャンスは今よと言ひたげに鯨はしばし尾びれ掲ぐる

マウイ島ザトウ鯨の吹く潮に一瞬光の虹が乱るる

公孫樹

公孫樹の常より真黄に透り染むこの夏の猛暑よみがへりくる

銀杏の透きたる緑初炊きの新米に冴ゆ香り放ちて

篦《へら》付けに良きとふ公孫樹で吾が裁縫板作りくれたる父を想ひき

還暦の記念に植ゑし柚子の樹に五個の実のなる五年目の秋

緑葉の繁みに柚子の実黄に染みて玉かんざしのごとくに光る

平成十四年～平成十六年

古希

年重ね古希なる齢も他人事《ひとごと》とまだ五十代の心に華やぐ

子を育て農を守りてひたすらに阿吽を重ね五十年過ぐ

夫と吾短かき言葉に用足りて会話つづかぬ今を淋しむ

十年後の未来確かに刻まむと十年日誌肚《はら》するゑて求む

風花

薄ら陽の差しくる弥生冷えしるき風のかたちに風花の舞ふ

おくれ舞ふ風花いくひら青空を背に漂ひぬ白の清しも

春冷えの一日は風花と青空と時にみぞれと気まぐれの空

インターネットに己が番号指さして孫は合格を吾に見せくるる

「一浪して頑張つた」と孫の言ふ本望なりし合格なりて

桜花

峡へだつ峯のなだりにほつほつと鳥が放《ひ》りしとふ桜群れ咲く

我が思ひのままに桜花を賞《め》でたしと独り来て楽しみときに淋しむ

入学の吾に一日を付きくれし母と見し桜に勝る花なし
（高の宮通りの桜）

峡わたる風の象《かたち》にさくら散る千の花びら萬の花びら

六十三年振りの帰郷の兵によみがへる日本語はサクラの一語なりしと

不順

二日後の晴の予報を期待せしにはづれて続く十日余の不順

この夏に入りて覚えず目眩《めくらめ》く　赫き夕陽の落日の景

友の訃

鐘楼の鐘一つ響く境内を友は柩に見守られ過ぐ

同期の友の葬りはことにうら悲し帰路に御祖《みおや》の墓に詣でぬ

白き風

白き風稲田渡ると見え初めて一気に稲穂は黄化し始む

あいの風吹きくる窓辺を半ば閉づ冷えを覚ゆる葉月晦日に

初鎌を入れむと握るコシヒカリの手首に撓ふ稲穂の重し

気掛りの倒伏田を刈り終へてその夜の雨を安らけく聞く

秋めける風に揺れゐる枝えだに黄に染む銀杏綺羅星のごと

平成十七年〜平成十八年

団欒

団欒の欒の一字にこだはりて辞書いくつ引き深き意知りぬ

六度目の酉年むかふる幸せを重く受けとめ感謝し生きむ

孫娘はや十八歳とふその歳の吾《われ》を重ねて涙ぐみたり

進学か就職かと迷ふ十八歳のわれに父母は婚を強ひにき

トリノ五輪

幾度も感動あらたに飽くるなし荒川選手の金のフィギュア

しなやかに肢体優雅にイナバウアー貫禄の金五輪のリンクに

穏やかに春澄む空にイナバウアー夫も負けじと身をそらしたり

雑草の土堤に抱卵の雉子《きぎす》ゐて畑へゆく道は遠まはり行く

朝露

朝露の畑に苺を摘みて食む育てし者の至福のひとつ

植ゑ終へし田に張る水の清すがにさやぐ稚苗の間を満たしゆく

揚羽蝶

日を追ひて増ゆる揚羽の巣が角の柚子の樹なるをやうやく知りぬ

柚子の樹の新葉ことごとく喰みつくし揚羽の乱舞の終焉近し

旧き新聞

六十年前の合格者名載る新聞　見付かりしと電話に友の興奮
（高等女学校合格者発表）

受験番号十三番のみ覚えゐて口答試問に教室めぐりき

戦後初の衆院選は明日と載る昭和二十一年四月九日朝の新聞

「もたらされた初の婦選」と大書して棄権防止を呼びかくる記事

一ヶ月前金五圓　一部拾五銭六十年前の新聞代金

平成十九年〜平成二十年

土鍋

久びさの帰省の孫の帰りゆき息子ら憩へば老も落ち着く

デイサービスのバスに手を振り送らるる老にはかなしみあらむ

食すすまぬ夫に思案の粥一つ土鍋にゆつくり炊きてすすめむ

所在なく本など読みぬたまさかの湯宿に夫のひたすら眠る

初夏

麦秋に少し間のある麦畠みどりやはらに穂波ゆたけし

早苗田に混りて一画しろじろと麦田浮き立つ夕くらむ中

講演

尾崎左永子氏和服姿の凜として八十路と見えぬ熱き口調に

「短歌の音楽性」と題して語る尾崎氏に知性の香り感じつつ聴く

田楽行燈

伝承の夜高節をうたひつつ子等が練りゆく早苗田分けて

灯をともす田楽行燈つらねつつ家ごと巡りし沓き日が顕つ

田祭りとて心はづまず田植ごと委ねし今につのるむなしさ

色褪めて穂肥の頃か青田原　今は他人に委ねし我が田

委託すといえど我が田の出来具合　心にかかる刈り上がるまで

猛　暑

掌にあまりこぼるる青梅さはやかに梅雨の厨の床を鳴らしぬ

入院の息子が気がかりを頼みゆく花の水遣り金魚の餌を

七十四年振り最高気温更新すとふ四十、九度に日本過熱す

吾生れし昭和八年の杳き夏四十、八度の気温とどめし

台風

台風に揉まれ千切れし樹々の葉が無盡に張りつく窓といふ窓

棟瓦かんざしの如く逆立ちぬ風の強さをまざまざと残す

岡部文夫先生全歌集

文夫師の一生彷彿と全歌集　両手に重しおしいただきぬ

文夫師の掌に薄紅の桃の歌　桃食むたびに憶ひ愛しむ

平成二十一年〜平成二十二年

雪の幻影

胸高に積もる雪掻き戸口より道をつけむと気負ひし日遥か

新雪にまみれて朝あさ雪掻きし彼の日の雪の匂ひなつかし

雪解けの田に薄氷《うすらひ》の張る見えて春の気配は行きつ戻りつ

春寒に蔵ひそびれし冬の衣を八十八夜の陽光に展ぐ

砺波高校百年史

三代にわたり通ひし学び舎の歴史つまびらかに百年史とどく

激動の六三三制　校舎焼失その数年に吾は学びき

ベニヤ板に仕切りし教室　他校での卒業式もはやおぼろなり

朝鮮に戦争起きしと講堂の焼あとに聞きし日空の澄みゐき

薩摩路

耳遠き夫と足弱の老の旅　二人で一人とつつしみ行かな

飛行機に乗り込みよぎる事故幾つ　ままよ座席のベルトを締めぬ

特攻兵士の遺品に埋まる館内にしはぶき一つはばかられ居り

帰省子

つま先の尖り反りたる帰省子の靴が語りぬ都会での日々

人喰谷

人訪はぬ人喰谷はひそやかに黄一色に装ひはじむ

幾人の命を呑みし谷ならむ岩陰に小さき地蔵の二体

人喰谷を巡り来たりて目に残る崖の地蔵の袈裟の紅色

黄に燃ゆる銀杏一樹のはなやぎに今年の夏の暑さを重ぬ

おだやかな散華なるらし大銀杏　褥《しとね》のごとく樹下を彩る

平成二十三年〜平成二十五年

新雪

新雪の陰影ふかき向かひ山　樹相それぞれ著《しる》くたたせて

戸をくればくぐもり聞こゆる重機音この真夜かけて除雪したまふ

スコップの手応へ軽き新雪は二尺なれども老には親し

雪おろしの経験のなき若きらに老は下より声にて指示す

東日本大震災

川を道を大蛇《おろち》のごとく逆のぼり街を呑みゆく大津波とは

津波引き瓦礫一面覆ふ街にしらしらと冷たき雪の降り積む

原発の事故の説明もどかしき専門用語が大半を占む

毎回のニュースの冒頭地震よりも危機止め処《ど》なき原発報ず

震災を五ヶ月経しも朝刊に犠牲者の氏名が一隅を占む

春深む

ほのぼのとあえかに彩ふと見し裸樹の今朝は萌黄の色にふくらむ

白しろと柚子の樹下に花散りて始めて知りぬ真盛りの季を

梅ジュース梅ジャム梅味噌　梅干しと今年の恵みおろそかならず

節高き吾が手に万年筆のはなやげり喜寿のおごりと許し給へな

敬老会傘寿を祝ふと招かるる未だ七十八歳と拗ねてもみたり

白内障の手術

眼の手術明日に控へて同室の女三人語りに紛らす

おそれつつ術後の眼帯はづす瞬モノクロの視野がカラーに変る

手術して清《すが》に見ゆるも哀しけれ久に会ふ人みな老いづきぬ

目を凝らし見詰める視力表のおぼろなり免許更新は眼鏡に及ぶ

二日余り病みて百寿を全うせし媼羨しと人びとの言ふ

平成二十六年〜平成二十七年

暖冬

堰こえて清冽な水あふれゐる用水に里芋洗はむと来つ

芋洗ふ水車の羽はおもむろに水流噛みて廻り始めぬ

如月に雪なき生活《くらし》思はざり茂吉忌はいつも積雪の中

風薫る

かいにょうの枝おろされて薄衣　芽吹きの風が樹間を通る
（かいにょう／散居村の家敷林を言ふ、砺波地方の方言）

さはやかな風吹き過ぎる杉木立　家を巡りぬ親しみゆかな

桜など見に行かむかと娘の訪ひくるる重き腰あげ夫も連れ立つ

老なれば一度一度が見納めと桜の下を夫と歩みぬ

夫の急逝

物言はぬ夫と変りて二十日余り何も語らず逝きたまひたり

命終の夫がつけゐし腕時計　吾が手に息づく確かな時刻《とき》を

物言はぬ夫と買ひ物たのしめる夢よりさめてなごみくるもの

吾が裡を見透すごとく時に笑みときに悲しむ夫の写し絵

夫待つと夕べ門辺に佇ちをれば夜気に幽かに農薬匂ふ

独り

初採りのアサツキ匂ふ一椀に独りの昼餉足らふさびしさ

独りにて決めねばならぬ多多ありて夫在りし日の安穏おもふ

友ゆ賜びし君子蘭の一株が二株になり春光を浴ぶ

田祭りを過ぎれば嫁の里がへり杳き日とほく涙さしぐむ

膝の手術

「よくやつたネ」と労はるもあり哀れむもあり　術後の膝に弱音は吐けぬ

一時帰宅の吾を待つごとく前庭に白梅紅梅そろひ咲き満つ

亡夫の一周忌

亡き夫の一周忌に集ひくるる有縁の族《うから》もみな老いづきぬ

気掛りの亡夫の一周忌つつがなく終へて腑抜けの二、三日過ぐ

叔母の訃

九十年の叔母の一世に重く占む北朝鮮脱出の二ケ年の日日

髪切りて露兵の凌辱のがれしとふ叔母は終生髪を束ねき

月の砂漠

アルジェリアに悲憤は深し邦人の盾として囚はれ散りし十人

口づさむ月の砂漠の哀愁は果てなき戦《いくさ》　暗示してゐむ

柚子

立冬の日射しは柚子の樹に満ちて黄の円ら実ツリーの如く

朝明けに色付き良しと柚子摘めば黄色き露のしたたるごとし

吾が適ふ高さに実る柚子なれど鋭き棘に囲まるるはや

近隣や手土産用にと初採れの柚子の恵みをわかち安らふ

柚子味噌にママレードに柚子酒と柚子にまみるる幾日満ちたり

平成二十八年

立　春

立春の陽光うけつつ巡る庭水溜りいくつ薄氷ひかる

如月は店にあふるるチョコレート亡夫をおもひておのづ買ひ来ぬ

陽に晒す切干し大根白しろと如月の風ひかりつつ過ぐ

亡夫の三回忌

夫の三回忌　父母の忌も共に相《あ》ひつとむ己が為し得る終《つひ》ともならむ

父母《ちちはは》の行年にあはせ生れし孫　亡夫もまた曾孫に生命をつなぐ

しみじみと輪廻かとぞ思ふうからからの死に遇ふ度に生るる生命は

血に繋がるうから揃ひて亡き人を偲ぶ法会の席あたたかし

白妙の赤紫の黄の牡丹みな夫植ゑしもの花に重ぬる

改築

吾が余生おだやかならむと願ひしに家改むると息は急《せ》かせくる

代《よ》代《よ》の祖《おや》お許し給へ息子は今子や孫の継ぐ家に改むるといふ

十間の間口支ふるアズマ建ちの我が家の温容裡にしまひぬ

族《うから》つどひ葬りも宴も共にせし広き我が家は暖かかりき

受け継ぎし我が家まもると補修せし幾つかの跡かなしみて見つ

改築の理由《ことはり》百もうべなへど遣り場なき悲しみ我を苛む

己が残年おだやかならむと欲したるに息に従がひて居場所追はるる

ゆづり葉の若葉萌ゆるに散る古葉のあはれ掃き寄す我が身に沁みて

間じきりの戸障子あけて土用風　家中に通せし旧き家恋し

おほどかな昔なつかし改築の我が家の鍵を老いて渡さる

家電　建具使用マニュアル未経験　老のストレス溜まる一因

ペンチ

銀杏の殻割るペンチは在りし日の夫愛用のもの今に引き継ぐ

実をはさみペンチに殻割る手加減に亡夫《つま》を感じてひたすらに剝く

柚子まつり小春日和に紅葉映え集ふ人等の笑顔行き交ふ

柚子餅の無料配布が始まりて長蛇の列がくねり始めぬ

さきがけて春に咲きたる山茱萸の霜月の庭に赤き実散らす

平成二十九年

白木蓮

剪定は芽吹きの前にとキウイの樹日差しまぶしみ背伸びして為す

剪定の鋏持つ手の重たきは樹の抗がひか老いのあかしか

しろたへの蕾こぞりて掲げゐる木蓮の空春は満ちゐぬ

白木蓮の蕾こぞりて風に揺る一樹　一山白の輝き

兄弟会

恙なく七人揃ふ兄弟会　米寿　喜寿　古希をまじへて

それぞれが歩む過ぎ来し否應なく父母のすすめしコースに従きぬ

過不足のなき過ぎ来しも親の恩ときには別の我を夢みし

盂蘭盆

盂蘭盆に未だ咲き初めぬ白百合の拗ねて横むく蕾を供ふ

台風の逸れて遇はざる早稲の穂のみのり重おもと一様に垂る

新幹線

小雪舞ふ信濃を過ぎて明るみの彼方に孤高の富士が見え初む

白銀に連なる立山に馴染み来し吾には淋し孤の富士の山

孫の婚

東京に住むとふ孫の婚礼にそれぞれ集ひ来てことほぐ宴

若き等に囲まれ終始にこやかな孫の婚祝ふ席あたたかし

孫の婚ことほぐ宴にはなやぎし生花《はな》の裾分け余韻を奏す

平成三十年

春一番

春一番雪野を渡る日すがらに水漬く田の面のあちこちに見ゆ

如月の日差し温《ぬく》とし畑あたり葱の葉先が雪分けて伸ぶ

牛岳に見ゆる雪絵もゆるみけり春のあらしの日もすがら吹く

音もなく雨は滲みゆく積む雪に忍び足なり春の足音は

麦秋

緑こき麦田は今し出穂の芒に覆はれ風わたりゆく

一朝の雨過ぎしより一斉に麦田の面は黄化しはじむ

麦熟れて穂波ゆれ合ふ畑の上陽光あつめてひときは明かし

日中に陽光とどめし麦秋は陽の没りてなほしばし明るむ

青田原渡る土用の風うましエアコンに倦みし身にしみ透る

弟の叙勲

雨といふ予報も陽の差しうら晴れて祝ひの席に集ふうれしく

弟の叙勲祝ふと父母《ちちはは》の写真まじへて集ふはらから

猛暑

大暑とふ今日四十一、一度の新記録日本列島に異常の熱波

雨降らぬ今年の夏はまとひつく藪蚊も蝿もかげさへ見せず

恵み

大根の葉に久びさの蝗一つ懐しさこみ上ぐようこそようこそ

この夏の恵みに謝しつつ素枯れたる胡瓜の蔓を棚より外す

初成りの胡瓜に歓喜し成りすぎる恵みに悲鳴をあげし夏の日

里芋を掘ると鍬深く打ち込みて梃子の原理で天地を返す

野菜作りしまひのゑんどう植ゑ終へて畑は終息の面にしづもる

あとがき

昭和五十四年、それまで短歌の手解きをうけていた高野浪子先生の助言をうけて「海潮」に入会させて頂きました。

岡部文夫先生、橋本米次郎先生、そして田中　譲先生の暖かい御指導を賜ると共に会員の方々の素晴らしい短歌に啓蒙されながら、昭和、平成、令和に続く四十年余を、生活《くらし》の中の歌を、自分なりに詠みつづけてまいりました。

平成二十六年、思いがけない夫の急逝に遇い、悲しみのうちに三周忌を迎えましたが、その後、息子は今まで住みなれた家を改築したいと申しました。

長い間、親しんで来た我が家が取りはらわれ、多くの品々が行き場を失って消えてゆき、私には空虚さを覚える日々となりました。

寂しさに、今まで詠んできた短歌を詠みかえすうちに、その時どきの旧居が想い出されひとときの心の安らぐのを覚えました。

この様なことからこの機会に、今までの詠草を一冊に纒めたいと切に思うようになり、その思いを田中　譲先生に御相談申し上げました。唐突な申し出にも拘わらず、主旨を受けとめて拙詠の中から詠草を厳選していただきました。まことに有難うございました。

その上、懇切な序文を賜り、幾つかの励ましの御言葉は、身に沁みて嬉しく厚く御礼申し上げます。

歌集の題名は、季節毎に詠むことの多かった我が家の銀杏か、柚子に因んだ名をと思いつつ、田中先生の御助言もあって「柚子の四季」としました。泉下の夫の後押しを感じつつようやく実現できた歌集かと、しみじみ感慨を深くしています。

拙ない歌の数かず、皆様方の折をりに読んで頂ければ大変うれしく存じます。

最後に、この歌集の刊行に御盡力たまわりました皆々様に、衷心よりお礼申し上げます。

令和二年八月十日

林　旦子

林　旦子　● はやし あさこ

昭和八年一一月六日　富山県砺波市大窪に生まれる
昭和二一年　四月　富山県立高岡高等女学校入学
昭和二三年　九月　学区制に依り県立砺波高等学校併設中学校に編入学
昭和二七年　三月　富山県立砺波高等学校卒業
　　　　　一二月　砺波市鷹栖・林　隆と結婚
昭和五四年　　　　「海潮」入会

現住所　〒939―1335　富山県砺波市鷹栖750

現代・北陸歌人選集
林　旦子歌集「柚子の四季」

二〇二〇年一二月二日発行

著　者　林　旦子
監　修　「現代・北陸歌人選集」監修委員会
市村善郎、上田義朗、児玉普定
陶山弘一、田中　譲、橋本　忠
久泉迪雄、古谷尚子、米田憲三
（五十音順）

発行者　能登健太朗
発行所　能登印刷出版部
〒九二〇－〇八五五　金沢市武蔵町七－一〇
ＴＥＬ　〇七六－二二二－四五九五
編　集　能登印刷出版部・奥平三之
印刷所　能登印刷株式会社

落丁・乱丁本は小社にてお取り替えします。

ISBN978-4-89010-780-3